생의 전부가 내 옆을 스쳐 지나간 오후

안채영 시집

생의 전부가 내 옆을 스쳐 지나간 오후

달아실 시선
33

달아실

일러두기

1. 본문에서 하단의 〉는 '단락 공백 기호'로 다음 쪽에서 한 연이 새로 시작한다는 표시이다.

2. 보조 용언과 합성 명사의 띄어쓰기 등 본문의 맞춤법은 시인의 의도에 따른 것임.

시인의 말

등단 십 년 만에 첫 시집입니다.
한계를 가지고 있는 사람이 처음으로 안착을 시도해볼 일이었습니다.

평생 말씀을 갖고 기도하듯 살아야 하는 사람,

시인은
바릿대 안에 수많은 말을 모으고 거르고
비로소 시로
다시 돌려 드리는,
증진,
말이 아니라 뜻이 중요한 삶이라
말의 탁발승일지도 모릅니다.

수많은 불시착은 많았음만큼의 연습이었기에
안착이 쉬워지고 있습니다.

남녘 변방이 좋았습니다.
발화는 따뜻한 이곳 변방에서 일어나기 충분하므로.

2020년 가을, 남녘 바닷가에서
안채영

차례

시인의 말　5

1부

곡우 무렵　12

언간문諺簡文　14

수레국화　16

생몰연대를 적다　18

소금　20

도마뱀　22

우리의 안부는 언제나 진심이었다　24

호박 폐가　26

벽을 비워놓았다고 답장을 보냈다　28

새점을 치다　30

2부

쟁반같이 둥근 달   34

봄날 수리점   36

두근거리다   38

오수관 별자리   40

홍시   42

물을 기르다   44

압화壓花   46

간지럽다, 오후 한 시   48

어떡하오   50

사과 선퇴蟬退   52

3부

미닫이 책　54

벽지　56

함바식당　58

호칭을 파는 상점　60

메기　62

망종의 혀　64

우식 아재　66

꽃 핀 개　68

헝클어진 곳들　70

36.5°　72

4부

사랑의 불시착 – 날씨의 게이지　74

도마의 재해석　76

묶여 있다　78

별명의 나이　80

비상사태　82

흔한 풍경, 눈앞이 바쁘다　84

생강　86

하잠夏蠶　88

구름이 강을 건너는 법을 너는 알고 있니?　90

똑딱똑딱　92

5부

쏙, 96

유등流燈 - 남강에서 98

뼈의 품격 100

대섬에서 102

툰드라 산 19번지 104

단속사지斷俗寺址, 정당매政堂梅 106

비 오는 날에는 실안 바다로 가야 한다 - 손이 착한 박재삼 108

실안 노을 110

춘절春節 - 날개 달린 닭 112

저도, 달방 114

종포마을에 가서 116

발화점 118

해설_소외된 풍경들에게 봄을 연주하는 단 하나의 바이올린

· 이병철 120

1부

곡우 무렵

고로쇠수액봉투에 지난밤이 고여 불룩하다
야생차밭에 참새들이 앉았다 날아간 뒤 낮은 허공엔 새
들의 푸른 혀가 가득하다

떫지 않은 고백이 있을까

씨앗에 비가 내린다는 절기, 움트는 것들이 어디 먼 곳
의 기억뿐이겠는가
뜨거웠다 식혔다를 반복해 덖어도
자꾸만 바깥으로 튕겨 나오던 돌돌 말려진 혓바닥
제대로 한 번 우려내보지 못한 관계들은 다 푸르스름하여
달아오른 헛것의 그늘에도 들지 못한다

곡우 무렵 새들이 떠난 자리마다
새의 혀들이 와글와글 끓고 있다
지나간 절기에 뱉었던 말들이 촘촘 돋아나 있는 차밭
황경黃經에도 들지 못한 절기가 있다
마른 잎으로 견디는 시간쯤이야
더운물 한 그릇 만나 펴진다지만

잎의 뒷면에 들었던 원행遠行엔 쫑긋 세운 귀가 없다

나무들의 수혈이 끝나는 곳
푸르스름한 소실점들이 길고 멀다
혀를 갖지 못한 말들이 땅속에서 우려지고 있는 시간
천천히 비워지고 있는 겨울 산에
물 끓는 소리가 졸졸 난다

늦은 발자국 소리 같은 잎이 툭툭 피는 야생 차밭, 그늘
진 적요에
문 하나 틔워놓으라는 시린 당부

언간문諺簡文

죽음의 꼬리처럼 지하의 시간은 길고 길었습니다

열두 매듭으로 정한 거처는 다 삭아서, 한 번쯤은 돌아누울까도 생각했습니다

이 몸은 뱃속의 아이를 무덤으로 정한 바 있고

아이는 어미의 마지막 안간힘을 먹고서야 조용해졌습니다

둘 중 누가 무덤이란 말입니까

세상, 돌아누워보지도 못했습니다. 그러는 사이 땅은 등이 되기도 하고 천장이 되기도 하였습니다, 달래지 않으니 아이도 울지 않았습니다

꽃가루로 참 오랜 세월 요기를 대신했고 얼레빗 한 자루로 여염의 자세를 잃지 않으려 했습니다. 누운 마음이라도 일으켜 뱃속의 태아를 뛰어놀게도 하고 싶은 날들, 다만 가물, 기억이라면 기억일 별빛이 그리웠습니다. 이곳엔 그 흔한 창窓이나 무너진 천장도 없으니 안락하기로는 별 탈이 없겠습니다만 어느 윤달조차 놀러오지 않습니다
〉

그동안 나는 몇 겹의 무덤이었습니다
태중에 닮은 인형人形을 넣는 서양 소품小品이 있다지요
서로 무덤이 되어 다행인 세월입니다

병인윤시월 함께 넣어진 슬픔엔 공기도 소진하였고 검은 머리엔 흰 세월이 간간히 섞여 있습니다. 같이 넣은 언문의 글자들은 뿔뿔이 흩어지고 없답니다

살던 곳, 낯익어야 할 테지만 모두 캄캄한 초면일 뿐 낯익은 일가一家가 모여 있는 친정으로 다시 돌아가고 싶습니다. 습의襲衣에 적힌 날짜도 희미한데 아아, 어느 무덤으로 돌아가야 합니까
태중의 아이와 이 몸, 어느 쪽이 무덤이란 말입니까

* 파평 윤씨 모자 미라: 병인년 윤시월 난산으로 아이와 함께 사망, 언문으로 쓰여진 편지가 나왔으나 훼손으로 판독 불가.

수레국화

빈 팔월 수레국화 꽃밭을 끌고 간다
가벼운 것들만이 무거운 것들을 끌고 갈 수 있다는 듯
분분한 솜털도 덥게 칠월을 달려왔다

우리는 말을 배열했었지 파란 모자를 장난으로 주고받
았지. 말미가 없는 것들은 발설의 꽃말을 가지지 못한 전
설이 되지. 수레가 텅 비면 저절로 움직이기도 하겠지만
미동이란 무거운 쪽부터 미끄러져가지

끝만 늙어가는 것이 꽃말이다
우리는 서로 관상觀相이었다
가혹한 꽃말일수록 안 보이는 틈에 흔들리고
총총총 여러 번의 계절을 채굴하고 나서야
씨앗들만 남는다

일년생 꽃말은 너무 가볍다
언젠가는 그 가벼운 꽃말이 꽃밭을 통째로 끌고 간다

사라진 생가들은 어디로 갔을까. 은밀한 때는 헐렁하게

풀린 바람 사이로 왔다 가고 생가는 있는데 생은 어디로
사라진 걸까? 투명한 족보는 발소리가 죽은 풍경을 위해
문을 열어놓고 있다

　알아요, 둥글게 섞이지 못할 뿐이죠
　긴 생머리를 늘어뜨리고 느리게 늙어가는 여름 한때
　가만가만 진열된 팔월이 지나가고 가장 가벼운 내부 쪽
으로 아픈 것들을 묶어놓는다
　전설엔 잡초가 더 무성하다

생몰연대를 적다

뒤따라오는 운구차가
백미러 속으로 따라온다
사인死因으로 반사된 아침 해가
한동안 같이 따라왔다
사거리를 따라오고 다리를 건너오고
휘어진 길에서 잠시 투명한 반사를 벗어나자
이내 다시 나타나며 따라오는 운구차
화장장 표지판이 나타나고

당신이 지금부터 지나갈 자리는 이젠 불길이라고
붉은 아침 해 속으로 휩싸인다

보자기에 싸인 따뜻한 우주를 들고 보면
진화가 멈춘, 진공 행성
공기를 다 뺀 유골함은 지지부진했던 하나의 우주다
물이었다가 불이었다가
작은 바람에도 날릴 것이지만
납골장 안 칸칸을 채우고 있는
둥근 행성들 제각각 다른

생몰연대를 갖고 있다

그깟 우주 쯤 흐려지는 일은 빈번하고
사람들은 모두 무표정한 표정으로 둥둥 떠 있다

떨어진 혀들은 여전히 밀봉해두기로 한다
평생
몸 바꾸는 것쯤은
바람의 사이를 지우는 일이라고
누군가 어깨를 두드리며 무심하게 말했다

소금

짠맛들,
물을 마시게 하는 이유라면
봄날의 기슭을 버티고 있는 나무들
벌컥벌컥 물을 들이켜고 있는 중이다
먼 소식을 찾듯 뿌리들
짭짤한 이유들 쪽으로 뻗어 있었을 것이다

겨울나무들의 단식斷食 혹은 절식絶食 같지만
소금 같은 눈송이들로
바짝 절여진 겨울이었을 것이다
껍질을 벗겨 맛을 보면
쓴맛 단맛 또는 향긋한 맛이 나는 것이
맹맹한 식성이었다는 증거겠지만
기슭이 녹고 몸 털고
꽃피워 짠물 빼는 중이다

언젠가 지하철 계단 참에서 산
두 줄의 김밥이 유독 짭짤했던 이유도
다 기슭을 버틴

겨울의 뒷맛이었기 때문일 것이다

도마뱀

퇴화된 뒷다리가 앞다리를 따라가고 있다
가만히 보니 앞다리에는 돌기처럼 바퀴가 달려 있다
새로운 진화다

차양 안으로 오일장의 정오가 그늘로 진열되고 있다
모두 꼭지를 뚝, 하고 떠난 것들
제 살던 곳에서 떨어진 것들만이 진열돼 있다
잘려진 뒷다리가 성한 앞다리를 먹여 살리는 일
누군가 돌을 던지듯 쩽그랑 소리와
작은 그늘 같은 푸른 지폐 몇 장이
바구니 안에 들어 있다

그 누구도 저 고무 주부 안의 끊겨진 꼬리를 확인한 이
는 없다. 뜨거운 순대를 지나고 취객의 기울어진 트림을
지나고 옥수수 찜통을 지나고 버려진 말들만 바닥에 뒹굴
고 있다. 앞가슴에 비늘이 있다는 듯 고무판에는 긁힌 비
늘무늬가 가득하다

길의 입구를 당겨 천천히 기어가는 도마뱀

사람들 많아 빨리 도망가지도 못한다
냉혈 동물인 도마뱀
땀이 뚝뚝 떨어지는 것을 보면
이곳에 완전히 적응한 것 같다

쨍그랑 소리가 짧은 끈처럼 끊어지고 있다

찬송가를 참 잘 부르는 어느 신이 도마뱀의 모습으로
기어가고 있다
파장의 오일장은 다시 오일 후면 돋아날 것이고
잘려진 꼬리는 도마뱀을 오래 먹여 살릴 것이다

우리의 안부는 언제나 진심이었다

나무 관절에서 파릇파릇 바람이 튀어 나왔다

어느 날 불쑥, 걸음에 소리가 생겼다. 나무가 자란 한쪽
걸음은 나뭇가지들이 내는 바람소리 같았다. 멀리까지 갔
다 돌아온 나무 소리들은 술에 취해 있기도 했다.

관절 입구까지 올라온 소리들
후드득 떨어지고 있었다.

오래전 관절염으로 잘려나간 뭉툭한 지점에 새 가지가
자랐다. 걸음을 데리고 다닌다는 사내의 농담이 지금도
기억난다. 삐뚤삐뚤한 걸음에서 늘 잎 스치는 소리가 났
었다.

구름이 환통幻痛처럼 밟히기도 하고
벌레가 스멀스멀 숨어 살기도 했다
어쩌면 몸은 너무 무거운 한 그루 나무였는지도 모르겠다.

어느 날 목발을 벗어 나무에 기대어놓고 쉬는 동안 푸

24

른 새잎이 돋아나는 것을 본 것도 같다. 내가 아는 유일한
걸어 다니는 나무였던, 계절이 없었던 나무는 마지막까지
혼자였다. 한 며칠 물에 담가놓으면 새싹이 돋아날 것 같
았던 다리 한 짝이 꽃보다 오랫동안 바짝 마르고 있었다.

　304호 몸이 떠나자 더 이상 걸을 수 없었다
　그 후 어느 윤월閏月 윤일閏日에
　흰 연기가 되었다는데,

　그때서야 안부가 궁금했다

호박 폐가

작은 칼로 호박을 열었다
이파리와 줄기들이 끊긴 지 일 년은 족히 된
호박 속은 텅 비어 있었다
거미줄만 엉켜 있었다
아니, 나들이가 끊긴 지 오래인
엄마의 신발장이 들어 있었다
여러 날 사람이 들락거리지 않은 문지방에선
자잘한 버섯들이 자라났다

문 열지 않은 호박은
둥근 몸 어느 한 곳을 정해 썩는다
와중에도 씨앗들은 바글바글 살아 있다

지난겨울에 따다놓은 늙은 호박
멀리 있는 소식 같다
똑똑 두드려 문 없는 안쪽을 살핀다
모든 안쪽이 견디는 이유는
한때는 안쪽이었던 바깥에 있다
넌출거리는 줄기와 시큰둥하게 떨어지는

호박꽃과 붕붕대는 꽃가루의 시절을 멀리 두고
오글거리는 호박씨들 채근한다

바빠지라고 여름 볕
주섬주섬 챙겨준다
자신은 텅텅 비어가면서 얼른 가라고
문 없는 마당 끝에 서서 뒷문을 닫듯
꼭지를 걸어 잠그는 것이다

벽을 비워놓았다고 답장을 보냈다

그려놓은 물뱀의 꼬리는 방금 숲에 가려졌다
달은 골목을 지날 때면 으레 회벽을 따라 걷는다
아이 둘이 같은 자세로 오래 놀고 있고
뱀이 숨은 검은 숲이 일렁거린다
이 회벽에게도 오늘 밤엔 뿌리가 조금 길어졌을 것이다
실뜨기를 하던 아이들이 돌아간 낮에는
납작한 보름달이 숨어 있었다
저 만월滿月은 언제부터 실뜨기 놀이를 배웠을까
기우뚱 기운 바깥이 활활 타오를 때까지
혼자서 걷는 검은 지구의 외출
바람은 실태를 잡고
만월滿月의 뿌리는 벽을 타고 자란다

흰 달에 검은 실금이 생겼다

오늘 밤, 은하 계좌에 신생의 별을 저축했다는 문자를
받았다
누에고치 속 같은 봄 나무들
천천히 매듭을 끌러 바람을 펼쳐놓고 있다

직립 보행의 자막들이 머릿속을 빠르게 지나가고
엉켜 있던 지난가을
앙상한 가지들의 모양이 생각나지 않는다

벽을 비워놓았다고 답장을 보냈다

물뱀의 혀가 몇 갈래로 휘어지며 사라진다
툭, 바람의 계보가 끊어지고
모두 숨어버린 벽에 아이들이 물뱀의 실태를 잡고 있다
민들레 씨앗이 안 보이게 터지고 있다

새점을 치다

길모퉁이를 구부려 그 위에 앉아
구부러진 모퉁이로 날아가지도 못하는 새를 데리고
새점을 치는 사람이 있다

모퉁이 저쪽에서
점괘가 적힌 종이가 뽑혀지고
뾰족한 부리만 있고
날개가 없는 단출한 점괘占卦

운세를 두고 나온 여행이었다
드나드는 문에서 모든 날개를 뽑아버렸다
부리에 갇혀 날아가지 못하는 괘卦에
콕콕 쪼이는 날이다

운세에 붙들린 사람들 몇이
모퉁이처럼 구경하는 새의 불안한 적중
운세를 다 퍼먹어도 흔들리는 봄

날개가 뽑혀져나간 파닥거리는 괘 하나가

아직도 뜨거운 이마를 짚고 있다
허술한 주둥이에서 쫓겨나온 목록이 펴진다
뒤적거리는 표정으로 안부는 온다
오후 근처의 점통占桶에서
밀린 운세를 들고 나가는 특이 사항 없는,

누군가 나의 운세를 모자처럼 쓰고 모퉁이를 돌아간다
새를 잡아다 몸에 부려놓고 싶다

2부

쟁반같이 둥근 달

오늘 쟁반 같은 둥근 달이 떠들썩하다
아버지, 둥근 달에다가 이 홉들이 소주 한 병을 놓고
우그러진 분화구 몇 개 차려놓고
이끼가 무성한 빈 달을 불러놓고, 빗방울을 불러놓고
2/4 박자들 다 데리고 노신다
둥근 달보다 더 적당한 술상이 또 있을까
부르는 노래마다
흰 수염 무성하게 자라 있다
소주 한 잔에 장단 몇 점 젓가락으로 집어 드신다
이런 날이면 까치발 딛고 만월에다
떨어진 복숭아꽃이라도 차려드리고 싶다
열여섯 결혼 첫날밤 깨진 달이 된
누이를 쟁반 위에 올려주고 싶다
평생을 세 살로 남아 있는
세 살 위 형을 데려다 올려드리고 싶다

아버지, 쟁반같이 둥근 달에
온 가족들 다 불러 모아 앉혀놓고 소주를 드시는 동안
만월을 막 빠져나온 졸음이 달처럼 찌그러진다

이렇게 시끄러운 달은 처음 본다고
이제 그만 달 좀 치우라고 잔소리도 없다

그 옛날 술상 앞에서 꾸었던
이 홉들이 소용돌이를 끌고 다니던 꿈
아버지, 쟁반같이 둥근 달 다 드시고
초승달처럼 누워
자꾸 달이 새는 소리 내신다

봄날 수리점

물 담긴 고무 대야에
자전거 튜브를 넣자
자잘한 공기의 씨앗이 흘러나온다

날카로운 못 하나가 뚫어놓은 곳으로
파종되는 봄날의 공기들
바람이 새는 곳을 찾아
접착제 묻은 햇살 하나 붙여두면
다시 굴러갈 둥근 바퀴들

문득, 잠깐 멈추었던 지구가 다시 도는 듯
차르르 체인 도는 소리가 들리고
수리가 끝난 바람의 핸들을 잡고
짧은 봄날이 간다

날카로운 못 하나를 줍고 싶다
부푸는 벚꽃나무를 찔러 바람 빼면
우수수 날리며 쏟아져 날릴 흰 꽃잎들
달력을 찌르면,

생일을 찌르면 다 빠져나가고 남을
숫자 없는 생

바쁜 봄바람이 잠시 서 있고
흰 머리카락 한 올 같은 깊은 실금을 내고 있는 봄

고장 난 봄바람 몇 대 세워놓고
고무 대야에 물 담아놓고 있는 자전거 수리점
바람 빠진 몇 번의 봄을 끌고 와
수리가 끝날 때까지
쭈그려 앉아 기다리고 싶은,

두근거리다

햇빛 가득한 한 평 유리 밭 안
와글거리는 씨앗들이 비닐봉지 안에 가득하다
햇볕이 모이는 어느 밭을 상상하는 소리
진공 포장지 안에서 두근거리고 있는 소리
동그란 제 모양
어느 쪽으로 새순의 길을 낼지 궁리하는 소리
종묘사 진열장 안
작고 동글동글한 봄볕들이 톡톡 터지듯
고랑의 긴 발아가 한창이다
문이 열릴 때마다 씨앗 터지는 소리가 울린다
그때마다 화들짝 잠을 깨는 주인은
몇 만 평 푸성귀를 지키는 일이 무료하기만 하다

파종 시기, 하품의 품종들이 팔려나가는 종묘사
졸음의 무게를 구경하는 오후가
권태로운 주머니를 뒤진다
각인의 봄날, 불룩한 훈풍이 터진 밭고랑 사이로
바람좌 별들이 총총 싹을 틔울 준비가 한창이고
봄볕은 낯가림도 없다
〉

진공의 초록들이 들어 있는 봉투 속
아직은 빈 채마밭을 여러 겹 접으면
작은 비닐봉지 속으로 쏙 들어갈 것 같은 봄
몇 장의 햇볕을 거름으로 넣는
빈 밭 같은 진열장이 와글거리고 있다

오수관 별자리
- 우주의 배관공들이 오수관 뚜껑을 열고 있다

지난여름 빗물이 빠져나간 지상의 틈 사이로 흘러넘치지 않는 누수의 별자리들, 천상의 물길이 고여 있다

고여 있는 것들은 깊이를 얻으려는 것들
그것들의 뚜껑을 열면 도시 깊숙이 박혀 있던 별의 흔적을 볼 수 있다
빗물은 푸른 것들의 매듭을 키운다
지렁이의 매듭이 되기도 활짝 핀 날씨가 되기도 한다
흔들리는 계절의 앞뒤 구분이 되기도 한다

별이 뜨지 않을 때 뚜껑을 여는 이 별자리들은 계절의 수습이 아니고 맨홀의 수습이다

뜨거운 빗소리가 상해가는 위치들
잠겨 있던 매듭을 불러놓고 어디로 흘러가냐고 묻는다
모르는 얼굴 밖으로 맥박과 천문이 내왕하도록 구멍 하나 만들어두었다
우수와 오수 사이로 착상된 일식이 골목 안을 비춘다

가야 할 방위를 매듭과 매듭으로 짜두고
사만 볼트 촉각을 세워 들여다본다

둥근 사방으로 붙박이별을 달아야겠다
둥근 몸을 빌려주려고 아직도 굴러다니고 싶은 뚜껑들
도시의 골목과 골목을 지나는 마방진 무늬들
지상의 별자리 틈새로 별무리들이 우수에 빠진다

자세히 보면 우주가 숨겨놓은 미스터리 서클 무늬로 숨
어 있는 오수관 뚜껑들

홍시

남쪽의 친구에게 알전구 한 상자를 받았다.

푸른 전구가 가득 켜져 있는 감나무. 하루 종일 잎을 뒤척여 빛을 끌어모아도 떫은 저녁만 든다. 푸른빛의 낡은 전구들이 픽픽 떨어진다. 함석집 지붕 위에 차려진 조명가게는 밤만 되면 철거되는 노점이다. 가끔 누군가 문을 열어 푸른빛을 들여놓을 뿐, 부러진 가지 쪽에서 가끔 열매가 달리기도 하지. 정보지에서 붉은 관절이 빠져나와 숲이 되듯이

떫은 계절은 마당에서나 뒹굴고
어둠 없이도 저 감들엔
붉은 씨앗 들어찰 것이다.

허공의 발자국 소리에도 귀를 비우는 마음. 지난여름 마을 앞 구부러진 길을 돌아간 실패한 농사처럼 짖지 않는 개의 꼬리가 구부러져 있다.

감나무에 붉은 등이 농익어간다.

마을은 불을 켜지 않아도 환하다
바닥에 떨어져 납작하게 불 밝히는
저 단맛의 조명
가을 내내 켜져 붉은 색깔들이
툭툭 터지고 있다.

물을 기르다

아무도 모르겠지만
몰랐겠지만
나는 물을 기르고 있다.

키우거나 지키는 것이 아니라
아주 조금씩 자랄 때도 있고
또 줄어들 때도 있지만 분명,
나는 물을 기르고 있다.

어느 날엔가 언니는
물 한 대접을 사이에 두고 웃다가
또 몰래 삼켜버리는 것을 보았다.
내가 언니의 나이가 되었을 때
목련꽃 숭어리째 떨어지듯 물이 목에서
철철 흘러넘치는 날이 많았다.

제법 주름이 늘자 인생 뭐 별거 있냐고
물목의 수위 조절도 가능하게 되었다.
〉

그러니까, 자두에 새콤하게 고인
갓 딴 오이의 와작거리는
딱 그만큼의 물
비온 뒤 땅 밟았을 때 물렁한 물기,
딱 그만큼
그 정도면 충분하다.

얼굴 살짝 붉힐 정도의 물
찔끔 눈꼬리 적실 정도의 물
그리고 당신에게 살짝 휘어질 수 있는,
딱 그 정도의 물 기르고 있다.

압화壓花

나비 한 마리 죽어 있다 꼭
꼭 압화 같다
죽은 나비를 보면 꼭 봄을 눌러놓은 것 같다
꽃은 먹을수록 납작해지는 체중
누가 봄을 숨도 못 쉬게 눌러놓고
흘리고 갔나

봄날을 넘기면 맨 먼저 맨몸의 밭이 나오고
따스한 쪽으로 로터리친 봄이 부풀어 있고
물병에 끼인 물때를 입 가장자리로 몰고 다니며 뿌린다
가장 아름다운 때를 쓰다 버린
또 한 장을 넘기면 불순한 모종들이 눌려져 있고
부유하던 꽃도 눌려져 있다

안부에 접어둔 편지가 눌려져 있던,
꽃들의 필체가 어지러웠던 저녁
혈관을 날아 손짓으로 빠져나가는 나비들
가볍습니다, 또 한 장을 넘깁니다
〉

비행飛行이 일생이다
대꾸도 없는 나비를 부르느니
차라리 꽃을 흔들겠다
멍청이, 오르가즘을 다 버릴 테다

죽은 나비를 닮은 손수건 한 장을 잃어버렸다

납작하게 눌러진 대답을 주웠다
잠깐 홀린 며칠,
눌러놓았던 좌표의 어느 지점에 꽃을 다시 따올 수 있나
예뻤던 며칠이 불쑥,
찢어진 슬리퍼를 찾아낸다

흐려지지 않게 내일까지 이곳을 누르지 마세요
세상은 전부 물 빼는 작업 중입니다

간지럽다, 오후 한 시

정오의 빗줄기가 손등을 지나가고
혼자 익은 복숭아가 떨어진다

허공의 나뭇가지가 부르르 떨리고 있는 것을
뒤늦게 본다
저 낙과落果
열심이었던 나뭇가지의 자위自慰
뭉쳐져 있던 숨소리들이
잔디밭에 방뇨처럼 흘러간다

아무도 모르게 다녀간 소름이
아무도 모르게 다녀간 손길이 남겨놓은
진저리
후두둑, 떨어지는 잘 익은 빗방울
나무가 쏟아놓은 저 방출

꽃무늬 장판에 떨어지던
맨 처음의 개화開花
그때부터 열리던 떨림
〉

저 나뭇가지들,
수십 갈래의 다리들이 오므려지고 있다

손을 씻는다
미끄럽게 빠져나가는
비누 같은 후음喉音

어떡하오

새털구름이 지나가는 마당가
촉끝의 하오夏娛들
식물들은 자신의 가장 끝에 어린잎을 둔다
그 어린잎으로 공중 길잡이 시킨다
아이비 이파리들, 물음표가 없는 놀이에
여념 따위가 있을 리 없다
지켜보는 눈 따위에 고개 돌리기도 아까운
저 이파리들에게 추산推算 따위 또한 없지만
공중은 수많은 젖꼭지들이다

반송의 자세로 지평선을 넘어 갈
노을*의 뒤태도 미지근하게 식어가고
축축한 초저녁별에서 밤이슬 떨어지기를 기다리며
저 혼자 만찬 준비에 바쁘다
날개와 허공을 풀어주고 또 몇 번을 시연했는지
군침 돈 긴 혀만 바쁘다

그러거나 말거나 아이비
난간 위로 막내까지 바람을 뗀다

식물들에게 바람이 없었다면
저 푸르른 달리기는 없었을 것인데
어떡하오 어떡하오 夏媛
여름 오후가 온통 푸른 장난질 중이다

* 노을: 강아지 이름.

사과 선퇴蟬退*

빨간 사과에 달라붙어 있는
빈 껍질의 선퇴
너무 밝은 사랑을 택했었구나

사과는 또 어쩌자고
여름내 울고 갈 마음을
철없이 익어가는 계절에 들였었나

칠 년을 기다려 이룬
짧은 동거
옷도 챙기지 못하고
도망간 짧은 사랑

빨간 거짓말만 달려 있구나

* 매미 허물.

3부

미닫이 책

드르륵 문을 열자
야구에 빠진 송아지가 되새김질을 하고
눈물에 빠진 여우가 수취인 불명의 고지서를 유기한다
영화에 빠진 토끼가 화면에 갇혀 표류하고 있는
드르륵 문을 열면 저마다 어울리지 않은
질서들로 박탈된 가족이 소리를 지르며
저기, 오래 열고 닫은 흔적
해마다 문종이를 바꿔 바른 낡은 책장의 책
두께를 바른 침묵이 방 안의 사연과
밖의 사연을 채록하는 중이다

언제부턴가 투명한 유리로 바꿔 달린 미닫이
투명한 밖과 어두컴컴한 방 안
어느 본문 중에 보았던 필적이 투명하게 보인다
문 안쪽의 훈기와 마당의 냉기가 바뀌었고
가족들 모두 이 책을 한 번쯤 펼쳐보았다
흰 종이를 바르고 한 번도
사각의 틀을 벗어나지 않은 드르륵거리는 책
도르래가 붙어 있는 책의 낱장

지금도 가끔 펼쳐보고 싶은
예전 집의 미닫이 책

문틈 사이로 계절들을 내다보았다
해마다 가족들의 두께가 두꺼워졌다
바람이 드나들던 통증 사이로
문이란 문이 죄다 쏟아져나갔다
찢어져나간 낱장 사이로 쾅! 하고 닫히는 페이지

벽지

숲의 무늬로 도배한 뒤부터 톡톡 도토리 떨어지는 소리가 나고 산꿩 날아가는 소리며 나뭇잎들 수런거리는 소리가 난다 아마도 견적서에 나도 모르는 옵션이 첨부되어 있었을까? 어젯밤 한쪽 벽에서 딱따구리 나무 파는 소리까지 들렸다

창문과 방문이 달린 숲 계절들이 한 번씩 열고 들어오고 또 나갈 때마다 벽은 겹겹으로 두꺼워진다

오래되어 단단한 나무껍질을 벗겨내자 얼룩무늬 밑줄들이 새들처럼 앉아 있다. 바싹 마른 몸들이 속지처럼 굳어 있다 수많은 침상을 흔들었다 놓았던 홍조 따위, 산 쪽으로 날아갔던 우리의 봄 꿈

상수리나무를 열면 가을 옷장이 나오고

문과 벽 사이에서 밤과 낮이 꽃으로 피었다 지고, 오래된 벽지를 뜯어내는 것은 장벽을 걷어내는 것처럼 중요한 일이었으므로 수많은 밑줄들이 튀어나오는 일
   〉

그러니까 집을 지탱하는 것은 벽이 아니라 벽지였다

함바식당

자정을 넘긴 식당에
손님이라곤 빈 숟가락뿐이다
인부들이 빠져나가고 식당은
더 이상 쿵쾅거리는 소리가 없고
타설된 고요가 굳어간다
늦은 식도로 흘러내리던 인부들의 허기는
밥그릇에 밥풀로 마른다
밝은 나무로 착각한 매미들이
방충망에 들어붙어
인간의 밥 먹는 모습을 지켜봤으리라
한 사라의 끼니란 얼마나 정직한 부름인가
망치에 내주고 뾰족한 못 끝에 내주고
굳어가는 저 시멘트덩어리에
밥심 다 내어주고 다시 채우는
허겁지겁 짧은 식도가 참 다행이다
지게차가 전속력으로 달린 하루를 식히고
굴삭기들은 고봉으로 푸던 하루를
떼어놓고 현장 한쪽에서
정렬의 잠을 잔다

밥그릇을 닦고 수저들을 정렬하고
함바식당 분주한 문은

양철 대문을 삶아 먹은 힘으로
열리고 또 닫히는 것이다

호칭을 파는 상점

뭉툭한 길 하나 열려 있는
누란의 어느 상점에서
오래된 침통 하나를 골랐다
침통을 가만히 흔들어보면 달그락거리는 호칭이 있고
지금도 그 호칭을 생각하면 따끔거린다

수염이 달린 호칭
한 집에 모여 살지 않던 호칭

몇 개의 모퉁이를 돌아 초인종을 누르면
문을 열어주던, 자주 체하게 하던 호칭
손가락을 따면 검게 방울져 나오던 관계들
엄마는 어느 외가外家에 있을까요
그때 나의 모든 호칭은 엄마가 관리했죠

함부로 발설하지 마라,
입이 무거운 호칭으로 누란의 상점을 누비고 다녔다
모퉁이를 돌아 우연히 만난 침통
예전 침을 맞았던 자리마다 빨갛게 돋아나던 기억

어찌어찌 이곳까지 와서 말도 통하지 않는
기억을 떠올렸던 것인지

누란, 낙타 대신 늙은 개 한 마리 어슬렁거리는
호칭을 파는 상점
아직도 쑥 내려가지 못한
호칭 하나 걸려 있는 체기의 날들

메기

밤낚시에서 수염이 달려 있는
늙은 메기 한 마리를 낚았다
기다란 수염에선
비릿한 민물의 변명들이 미끄러웠다
발버둥 친다는 것은 여기서부터
미끄러운 손아귀라는 것을 안다는 뜻이다
메기는 처음부터 늙은 물고기

온몸이 교활한 메기를 오늘 만났다,
메기처럼 미끄러웠던 날들이었지만
비켜 갈 수 없는 그곳에서
딱 마주쳤다
휘어진 등
낚시 바늘을 삼키는 중인지 뱉는 중인지
우물거리고 있었다

우물거리던 낚시 바늘을 빼내는데
그만, 손에서 빠져나간 메기
마치 오래전에 놓친 빚쟁이 같다

쫓아다닌 시절만큼 한바탕 놀다 가자고
메기는 원래부터 물속이었다는 듯이
믿지 못하는 꼬리였다는 듯이
비린내 나는 손을 비웃었다

궁시렁궁시렁 보름달은 또
아무 일도 아니라는 듯 거짓말을 달고 나왔다

오늘 보니까 수염도 크게 자라,
그 빚쟁이도 많이 늙은 바람을 달고 있었다
메기 한 마리 재빠르게 빠져나간
오후가 찌그러진 수면을 펴고 있었다

망종의 혀

한밤에 망종芒種을 만지면
건초 냄새가 난다
망종의 지형도는 자꾸 줄어들었다
보리를 평생 만진 손등엔 보리가 자라고
입속에서도 자주 망종이 튀어나왔다

모녀의 잠자리,
까끌까끌한 망종이 만져졌다
수염이 까칠한 아버지들은
잡념의 번식을 뿌리고
까칠한 종자에서 까끌까끌한
보리 수염은 어김없이 허리며 무릎을
콕콕 찌르고 다녔다
보리 수염들의 왕국에서 중얼거렸던
부드러운 목소리들은 거친 음식을 맛보는 혀
망종의 혀들이 발음을 답사하는 동안
짐승의 발음들이 키운
부정한 저녁이 사방으로 퍼져나간다
〉

흩뿌린 곡식을 먹고 자란
붉은 혀들을 다시 불러 모은다
까끌까끌한 잡음이 임파선에 모이면
서둘러 들판의 소음을 맛보던 기억을 오래 씹는다

애면글면 오래 비워둔 저녁이 헐리고
고양이 우는 늦은 밤
망종 옆에서 망종이 잠을 잤다
까칠한 손이 건네는 말들
나도 까칠한 혀들만 가득 찼는지
껍질로만 대답했다

우식 아재

늦여름 더위가 소의 잔등에서 푸르르 떨리다 부챗살 쪽
으로 기울던 오후, 우식 아재를 만났다.

도축장에서 일하는 우식 아재는 소 한 마리를 펼치면
푸르던 초원이 순식간에 불탄다고 했다. 구름을 돌돌 말
아 다리를 놓고 건너다니는 육질. 엉킨 것들은 다 뿔로 빠
져나가고 소들은 풀 뜯어 먹은 온갖 풀꽃의 무늬를 저축
한다고 했다.

소 한 마리를 먹는 것은 들판 하나를 먹는 것과 같다고
했다. 뿔의 힘으로 날뛰던 무지개가 있다고 했다.

소 한 마리 속엔 예쁜 왕국이 있다고 했다. 부챗살에는
살랑살랑한 맛이 있고 안심살에는 안심할 수 있는 맛이
있다고 했다. 아롱꽃 마블링, 어둠의 내부는 황홀의 도가
니라 했다. 예쁜 것 다 소의 안쪽에 있다고 했다.

토막 난 저녁이 모이고 진열된 토막이 빠져나가면 멀쩡
한 저녁에도 변두리가 생긴다
　〉

짐승도 그 안엔 아름다운 부위가 있다
오래 되새김하는 궁금한 행적
자꾸 소의 뱃속으로 들어가고 싶다는
늦장가를 든 우식 아재의 혼잣말이 잘 정돈된 오후
초원 한 귀퉁이를 뜯어 먹고 간 봄날의 뱃속이
손거울 속에서 화장을 고치고 있었다

뽑혀져나간 풀줄기마다 덜컹거리는 구름이 달라붙는다.
한 평 남짓 허기가 자라난 초지에 소가 배달되어 왔다.

입이 지나간 그릇마다 풀이 돋아난다.

꽃 핀 개

듬성듬성 털이 빠진,
붉게 핀 자국이 많은 개가
공원을 돌아다닌다
어떤 날엔 등나무 아래에서
한참을 여름인 듯
피었다 간다

꽃 핀 날이 어슬렁거린다
몸을 털 때마다
우수수 날리는 홀씨들
뒷발로 가려운 곳을 만날 때
아, 시원한 개
꽃 핀 여름

오늘 백일홍 그늘이 환해졌다
당신의 정원에 두고 간 미안함 때문인지
처음 집이었던 빈 박스에도
아침 햇살이다
〉

꽃 핀 개는 집을 지키려 으르렁거렸고
꽃 진 개는 어울렁더울렁 같이 살자 으르렁거렸다
잊어버렸다와 잃어버렸다의 미묘한 갈등
어떻게 우리로 끝까지 가야 하는가요?
낡은 것들은 버리기에 너무 쉬워요
개들은 주로 이런 말들을 내뱉었고
나의 창은 너무 환해
소리까지 보이는 것이 문제예요

그러고 보니 파랗던 하늘에도 덕지덕지
연고를 바른 흔적이 있었구나

짖지도 않는다

헝클어진 곳들

마른 풀 어지럽게 뭉친 곳을
개가 까만 주둥이를 들이박고 있다
들쥐 한 마리가 숨어든 연약한 풀숲을
코와 앞발과 송곳니는 못 들어가고
까만 냄새만 집어넣고 있다

아침 산행 길에서 본
온순한 잠자리는 무성한 마른 풀이
이리저리 구겨지고 헝클어진 곳이었다
마른 풀에는 빗줄기도 없고
코끝을 간질이는 풀꽃도 열매도 없다

헝클어진 곳들,
그냥 따뜻한 곳들이다
축축한 관계들이 다 빠져나간
바짝 마른 잠이 잠 깨고 나간 곳이다

헝클어진 곳,
존재의 구분 없이 모여 있는 모습이다

뻣뻣하던 직선만이 방향을 가리키지는 않는다고
꺾이고 구부러져 뭉쳐 있는 모습들에서
동물들도 잠을 잔다
헝클어진 결속 위에선
잠도 달았을 것이다

오래 얽히고설킨 일도
슬쩍 힘을 빼보면
가끔은 따뜻할 때가 있다

36.5 °C
-사람의 온도

36.5 °C를 유지한 적 하루에 몇 번일까. 가슴 한쪽이 늘 젖어 있는 물관부에서 뿜어내는 온도는 저기압 수온을 내뿜고 목 위로는 늘 불의 머리를 유지하는 비결이란. 한 달이면 찾아오는 각종 청구서도 한몫했으리라. 연체 이자도 덩달아 달구어졌으리라. 하루에도 몇 번이나 80 °C를 오르내리는 고열을 끌고 다니는, 어떨 땐 댕강 댕강 끓어오르는 온도가 저 혼자 녹아 흔적도 없이 남루한 보자기 하나 남기지 못하고 화형된 적도 있었어라.

몰래 남의 온도를 엿본 적도 있었다. 다들 비슷한 온도가 하루에도 몇 번씩 길의 후미를 휘돌다 비로소 잠자리에 들면 다시 웅녀가 되어 마늘을 먹었던 쓰디쓴 동굴 안에서 걸어 나오는 것이었다.

불씨를 잃어버린 날개를 간신히 들어 올려 녹아내린 한쪽 어깨에 살짝 걸쳐두고 어구적거리는 몸을 끼워 맞추는 작업을 하는 것이다. 다시 36.5 °C를 간신히 짜 맞추는 것이다.

4부

사랑의 불시착
- 날씨의 게이지

언젠가 본 헬리콥터 조종석엔 셀 수 없는 게이지, 혹은 계기판들이 있었어요. 각자의 눈금으로 요란하게 날아올랐어요.

사랑의 불시착처럼요.

날씨는 온갖 불시착들이 있을 거예요, 아마도 아날로그식 바늘이 찰랑대거나 휘청거리면서 각종 바람의 세기와 태양의 화력과 구름의 채도에 관해 지표를 가리키고 있을 거예요.

나무들처럼요,
코스모스들처럼요,
한계치까지 올라갔다 다시
제자리를 돌아와 고요해진
당신들처럼요,

가끔 새 떼들을 만나면 게이지가 고장 날 정도로 울렁

거려요. 불시착하는 천둥 번개도 삐거덕, 게이지가 혼신의
힘으로 버팅겼고요.

두두두 요란한 프로펠러 없이도
들뜨고 다시 가라앉는 사랑의 불시착처럼요.

도마의 재해석

몇 년 동안
칼을 받아내다보면
도마엔 자잘한 털이 무성해진다
알맞은 크기들에 관해서
칼들은 후발 주자들이다
최초의 음식들은 크거나 작았을 것이므로
칼은 오로지 살생의 도구였을 것이다

도마는 일정한 리듬으로
탕탕거렸다
도마는 칼의 협조자여서
저 혼자 뛰는 도마는 없다

분주한 칼날은 뛴다
사족이나 이족이 아니라
일족 보행으로 혹은
총총 질주를 달린다

도마는 반복적인 상처를

매번 받아들인다

햇볕 좋은 날
비스듬히 세워져서
무수한 잔털을 말리는 도마
언뜻 보면 밀밭 같고 갈대숲 같은 도마
자잘한 잔털에
간이 흠뻑 배여 자란다

묶여 있다

폭염 아래 두 갈래의 구근 줄기가 자라고 있다
나무는 오래전부터 묶여 있고
그늘의 반경은 가끔 되새김질을 하듯 질겅거린다

각화된 한낮
불안한 소리와 눈빛이 몰려드는 뿔,
돋아난 그늘 줄기들이 엉켜 있다
각진 걸음이 무릎 사이를 오르내리는 동안
방 안에 묶인 남자가
문밖을 풀지 못해 소리를 지른다
마당을 벗어나지 못하는 끈
느슨해진 목소리가 입안에 엉켜 있다

스스로 끈이 되는 줄기 식물들
가끔 꽃 피워 소리 지르는 지점마다
고요가 활짝 피어 있다
느슨한 수도꼭지에서
길게 풀리고 있는 지하의 소리들이
빨간 함지박에 가득 고여 있고

뿌리는 오전에 두고 줄기는 오후를 향해
구근 열매들이 길게 자라고 있는 텃밭
적요한 집 한 채가
금방 풀어질 것처럼 헐렁하다

묶인 염소가 목을 휘저을 때마다
물결무늬가 쏟아진다
물소리가 굳으면 각질이 된다
붉은 동백이 피었던 뿔,

엉켜 있던 그늘 줄기들이
스르륵 풀려 저녁으로 달아난다

어둑하던 집 한 채가 환하게 뚝, 끊어진다
순간, 물소리에도 매듭이 생겼다

별명의 나이

별명에는 친구들이 많다
이름보다 더 가까운 사이들
그건 각자들이 깃든
중력과 형형들이 있다는 뜻이다

오랜 공백을 떠돌면서도
바뀌거나 가물거리지 않는
별명들도 나이가 들 때가 있겠지만
내 몸에 꼭 맞는 우주의 별들 같은 별명은
여전히 시공을 낄낄거리며
날아오르거나 날아가고 있는 것이다

이름은 나이가 먹더라도
별명은 좀처럼 늙지 않는다
어쩌다 이름이 사라진 친구가
친숙한 별명으로 참석한 모임
별명은 죽지 않는다

탱자라고 불리던 친구는

뒤 한 번 힐끗 돌아보다
물고기 하느님에게로 갔단다
방생 기도 갔다가 방생되어
목사 사모님이라 주일 예배가 있는
일요일 모임에는 늘 불참이었는데 오늘은 참석했다
별명까지 전원 참석한 모임이었다

늙지도 않는 별명들이
앓고 있는 한 생을 달래주고 있었다

비상사태

나방의 날개 하나를 갖고 가기 위해
개미 떼가 삐걱거리는 힘겨루기하고 있다
나방은 큰 보시를 하는 듯
고요 한 접을 올려놓고
가장 무거운 날개를 시연 중이시다
개미 떼는 검은 작업일지를 바글바글 쓰고 있는데
다만, 더욱 견고해지는 고요를 잘못 해석한
무더위가 자꾸 제 몸을 추스르는 소리 들린다
움푹한 곳마다 고인 물
뜨겁게 마시는 중이다
개미 떼에게 날개는 별식別食이다
잘록한 중심에 각인의 계급이
제 몸의 몇 십 배나 되는 무게를 끌고 간다
버릴 만큼 버린 무게에도 불구하고
개미는 날아오르지 못한다

개미가 끌고 가는 모습은 어느
길고 긴 천장 다리 공사를 해도 될 만큼
공사 경험이 많은 듯 제법 노련한데

삐걱 문 열고 나오는 열여덟 소녀의 손에서
빗자루가 반짝 빛난다
그 순간 나방의 날개가 사뿐 날아오르는가 싶더니

천재지변이다
비상사태다
무더위 한 귀퉁이가 먼지를 풀어낸다

흔한 풍경, 눈앞이 바쁘다

바다가 보이는 커피숍에 앉아
모두들 자신들의 눈앞,
온갖 분야를 들여다본다
멀리 보아야 먼 곳이 보이는 시대는
영영 멀어졌다
가장 가까운 눈앞이
가장 깊은 곳이 되어버렸고
먼 곳이 되었다
흔한 풍경,

손도 발도 마음도 아닌
눈이 바쁜 사람들
그 사이 바다는 한 겹 파도를 벗겨내고
고깃배 한 척을 말끔히 지워버렸다
어디까지 갔다온 눈빛들일까
동공들은 정오의 고양이 홍채처럼
한껏 좁아져 있다
흔한 풍경,
〉

정물화같이 모여 있지만
함께 어울린다는 건
각자 연착하는 일이 잦으므로
다음 생이 아직 오지 않았음을
역류에 휩쓸릴 당신에게 타전한다

투명한 낮에도
사람 사이는 가장 불투명한 일이라서
차 한 잔 거리가 가장 멀다고
핸드폰 속으로 또 몇 글자를 전송한다
오늘도 백만 번째 흔한 풍경,

생강

생강은 못생긴 식물이다
그래서 생강을 끓인 물엔
톡 쏘는 가시들이 많다
꿀꺽, 받아 삼킨
모진 말 한마디 같은
펄펄 끓던 못생긴 말들
하루 종일 끓여도 휘발되지 않는
쩡하는 코끝

생강밭 근처에서 악담 퍼부은 적 없고
미운 이름이나 얼굴 일러바친 적 없는데
생강은 저 고운 흙 속에서
어쩌다 못생긴 마디를 번져
독한 맘 갖게 되었을까

생강, 하고 말하고 나면
아직 푸른 배추들이 포기를 여민다

톡 쏘는 맛에 모두가

그러려니 길들여지고 있는 나날
누구나 못생긴 시절이 있었다
쌀쌀한 계절에
톡 쏘는 맛 한 조각
몇 백 평 시집살이 같은 생강밭에서
관절 다 닳은 노인들 생강을 캔다
보일락 말락
독한 한철 다 캐낸다

하잠夏蠶

여름잠을 한 가닥 실로 조절한다
그 사이 애인은 눈 밑에 집을 짓는다

여름에 잠자는 건
사람뿐이지만
난청에서 실이 자라나고
실은 어느 방향도 더듬거리며 갈 수 있다
저녁 빗방울에 젖는 처녀의 어깨
볼록하던 눈 밑은 몇 령쯤 될까
하잠에서 잠든
고단한 애인을 밀어내기로 한다

눈이 맑았던 오후가 밤이 된다
깜깜한 밤에는 고여 있는 잠이 없다
낮이 없는데 어떻게 눈을 감지
거칠고 깜깜한 밤을 어떻게 잠재우지

고치를 풀고 날아간 눈은 텅 비어 있다
색채 입힌 날개가 접혀진 풍경도 빈껍데기뿐

모른 척 다녀간 여름 감옥도
눈에도 계속 뽕잎 갉아먹는 소리가 난다
흰빛이 감기는 소리도
풀어지던 소리도 들리는 잠이 날아가고
애인은 맹인이 될 것이다

깜깜한 밤이 되고
깜깜한 밤에는 잠이 없다

구름이 강을 건너는 법을 너는 알고 있니?

영법도 없이
어푸어푸 소리도 없이
구름이 강을 건넌다
쏟아지지 않으려
악천후가 되지 않으려고
온갖 가벼운 형상을 떠올리는지
상상하는지 수시로 바뀌는
침대와 빨랫줄과 날아간 모자와
막 땅에 내려앉는
고양이들

무거운 구름이 강을 건너갈 때
강기슭은 넓어지고
여울들은 잠시 쉬려 하고
바윗돌들은 단단히 채비를 하겠지
예기치 않은 금빛 잉어 떼가
쏟아질지도 몰라
맑은 날 구름은 잘 마른 셔츠 같고
신발끈 같고

고양이 꼬리 같지

저기, 산을 닮은 강이
둥둥 떠서 지상의 강을 건너가고 있다
오염한 하루를 세탁하는 일
세모인 사람 네모인 사람 둥근 사람을
뽀송뽀송 잘 말리면서
강을 건너가고 있지

똑딱똑딱

태어날 때부터 똑 떨어질 운명이었어
여차하면 툭툭 옷섶 밖을 참견하는 너는
참 난처하게 몸 밖을 내다보곤 했어
금방 들통날 것을 다행이야, 가짜를 숨기고
슬그머니 벌어지는 그림자를 꽁꽁 매달고 있지
털썩, 단추 구멍만 한 조건
가진 거라곤 당신의 뒤를 봐주는 것이 전부
실낱같은 꽃대에 목을 꿰맨 자국을 달고 사는
위독한 그림자의 여며진 앞섶
깜빡거리는 똑따기 단추는 훔쳐보고 있고
빤히, 바람을 수천 구멍에 풀어놓는 것은
깨진 약속을 툭툭 치는 일이란 걸 알면서
오히려 묻지
당신 오늘 똑딱똑딱 괜찮으십니까?
늘 단추 뒤에 숨어 있거나
절대적인 순간 똑 떨어지는 아주 난처한
옷에 목을 똑딱똑딱 붙이고 다니다
간신히 열려 있는 열매를 똑 따버리면!
〉

하루 종일 중얼거리며 잠길까 말까

똑딱똑딱하고 있지

5부

쏙,

쏙, 이렇게 시원한 말
들어본 적이 있는지

앓던 이가, 박힌 가시가 일순간 해결되는 이 말 그러나
쏙은 갯벌에 박힌 못. 취향은 오묘해서 깃털을 따라 올라
온다

쉽게 뽑히지 않는 일 있다면 사천만 갯벌에 나가 쏙, 쏙
을 뽑아 올려보시라. 아무리 아프던 이도 뽑히고 나면 언
제 그랬냐는 듯 더 이상 아픔을 모르는 입 밖의 뼈가 된다

쏙, 이렇게 허탕을 치는 말이 또 있는지

손아귀를 빠져나가는 말. 끝까지 물고 있어야 할 그 어
떤 것을 순식간에 놓고 다시 구멍 속으로 돌아가겠다는
말. 쏙을 잡다보면 문득, 이것들은 갯벌의 자잘한 통증일
수도 있겠다는 생각이 든다

응어리진 것들이 있다면 사천만 갯벌에 나가

헛것으로 살살 약을 올리고 쏙, 쏙 뽑아보라

유등流燈
- 남강*에서

나는 어쩌다 유등이 둥둥 뜨는
이 강가를 고향으로 두고 있는가
강물이 꽃핀다고
멀리 있는 당신에게 타전하고
글썽이는 등불 하나 물에 놓아준다
기슭은 찰싹찰싹 물이 돌아오는 소리 들리지만
오늘은 죄다 떠나가는 기슭이어서
나는 소원을 버리는 사람들 틈에 서서
물길 합수合水되는
어느 지류를 꿈꾸는 것이다
이 세상에는 스스로 흐르는 물이 없다고
따라가는 물길들뿐이라고
유등 흘러가다 꺼지는 그쯤에서
캄캄하게 기다리겠노라고
또 글썽글썽 타전하는 것이다

등을 밀듯 등燈을 민다
당신의 등이 어깨 쪽으로 기울 듯

98

꽃피는 물이 절정이다
오늘 같은 밤, 당신의 등에 기대면 찰랑찰랑
물 부딪히는 소리가 들리겠다

* 진주 남강.

뼈의 품격

술 마신 다음날엔
뼈가 끓는 냄새가 좋다.
뼈도 어쩌면 영혼이 있어
중얼거린 주정이거나
숙이고 건너가는 말을 따라
술판을 상대했을 그 뼈들은
구멍이 숭숭 뚫려 있거나
후회와 부끄러운 쪽으로 살짝
휘어져 있을 것이니
저 뼛국으로 뼈를 달래면
좋은 것이다.

뼈에도 분명 품격이 있을 것이다.
뼈 해장국 집에서는
적당히 붙어 있는 살
망설이다 이내 손으로 들고
입으로 발려 먹을 수 있는
딱 그만큼의
뼈의 품격일 것이니
〉

황매산 오르다 부러진 발목에
뼈 있는 당신의 말이
금 간 채 뼛속에 걸려 있었는데
부러진 발목 수술 중에 슬쩍 놓아주기로 했다.
지끌지끌 뼈 이물질
수술대에 올라서야 놓아버렸다.

이름 빼고, 표정 빼고
장황한 요설을 빼고 나면 내겐
얼마만큼의 살이 붙어 있는
뼈의 주인일까 궁금해하기도 하면서.

대섬에서

손가락으로 셀 수 없는 댓잎처럼 많은 약속
혼자든, 둘이든 손가락에서 구부러지는 날짜에는
집 짓거나
꽃밭 만들지 말았어야 했다.

복작복작 빠져나가던 말
뜨내기처럼 달라붙었던 여섯 번째 약속들까지는
믿지 말았어야 했다.
열 손가락 끝에 달린 약속 한 가락 얼굴을 가둘 때
몸은 흐느끼면서 빠져나가려 어깨를 떨 때
서로 손가락 주고받지 말았어야 했다.

대섬*에서 약속했던 손가락들마다
저릿저릿 굽은 날짜들이 굳어갔다.
숫자가 없다면 세상의 감옥들
어디에도 없었을 것이다.

약속이 꾸불꾸불해지는 동안
손 칸칸마다 새빨간 거짓말이 가득해서

지문 다 지워져 매끈해진
여섯 번째 손가락
자주 들락날락 숫자를,
날짜를 모르는 손가락이 있으면 좋겠지만,

대섬은 무심한 듯 둥둥 떠 푸른 소문만 무성하고
다음 생의 약속은 이제 더 이상 예약받지 않겠습니다
팻말도 없이 저 혼자 지키고 있는 작은 섬 이야기.

* 대섬: 사천에 있는 섬.

툰드라 산 19번지

툰드라의 나무들 사이에서 태어난 뿔각사슴은
뿌리를 머리에 이고 다닌다지요
가지보다는 아직 뿌리에 가까워서
바람이라도 불라치면 딱딱 소리를 내면서 뿔들이 흔들
리고
그 어느 방향도 믿지 못하는 습성의 나무들은
양쪽의 세상을 동시에 더듬는 지도들 몰래 만들고 있는,

아주 어린 바람들은 나뭇가지 맨 끝에서 사는데 가끔
먼 곳까지 뻗어갔다 돌아온 자리는 작은 새순이 그 자릴
차지하곤 한다지요

몇 개의 갈래가 생기고
저가 키운 무게를 저 머리 위에 얹고 다니는
머리채 같은 산 19번지
뿌리를 숨기고 유영하는 툰드라의 나무는
짧은 손의 풀들이 땅을 움켜잡고 있지요
몇몇의 선교사들이 지도를 따라 다녀가고
길은 악착같이 갈래를 만들어 어지러운 고원에

집들을 돋아나게 했고
일 년에 네 번의 각기 다른 계절의 공터를 만들어
푸성귀를 키우지요
그 풀을 뜯어 먹고 있는 머리가 무거운 짐승들은
늘 불안해서 무거운 머리 위 지도를 벗어버리고 싶지요
이곳의 주소는 산인데
나무 한 그루 없고
이제 지구상에서 철거될 곳은
이 툰드라밖에 없다는 소문만 앞다투지요

아무리 갈래를 만들어도
제 머리를 벗어나지 못하는 뿔
뾰족한 끝을 가졌다 해도 그 끝은 늘 끊어져 있어
허공에서 막힌 길들이 제 몸으로 천천히 귀가하는
툰드라 산 19번지 비탈길
상상처럼 불들이 켜지는.

단속사지斷俗寺址, 정당매政堂梅

폐사지에 마을이 들어앉아 있다
정당매*는 오래전부터
속세의 봄으로 핀다

극한을 앓고 있는 매화
뒤틀린 시간에서 홍매紅梅가 핀다
몇 날 며칠이라도 좋아서
마을에 빈방 하나 주인으로 정하고
뒤틀린 봄이나 펴다 가고 싶다
곁가지 부추기는 봄비 줄기나
싹싹 닦았으면 좋겠다

입을 앙다문 채
맹강녀** 울음도 무너뜨리지 못할 꽃무리들
부질없는 모의 끝에 겹겹 꽃잎 하나씩 피고 진다
오백 년의 시간을 괴었던 사색에
이제는 불을 지르고 싶은데

꽃잎은 돌아오는 힘으로

타닥타닥 어둠을 불러들였던 것이고
생의 전부가 내 옆을 스쳐 지나간 오후 내내
단속사지 탑을 몸에 두르고
와르르 무너지고 싶어
단속斷續당한 나를 풀어놓고 왔다

* 벼슬이 정당문학에 이른 강회백(여말선초의 문신, 1357~1402)이 심었다는
  매화. 그 벼슬 이름에서 따옴.
** 만리장성 축조에 부역당한 남편을 찾아왔지만, 이미 죽은 것을 알고 그 울음
  소리로 만리장성 20리가 무너졌다는 전설 속의 여자.

비 오는 날에는 실안 바다로 가야 한다
- 손이 착한 박재삼

비 오는 날이면 실안 바다로 가보자
그곳에 손이 착한* 사람 하나 있을 것 같은
비 오는 날엔 그 손에서
든든한 약속 하나 낚아 올리자
바다는 늘 그의 앞이었다
바다를 등지고 산 날들은
묶인 배의 흘수선같이 시詩를 흥얼거렸다
고깃배들도 어느 포구의 처마를 찾아간
비 오는 날, 천진한 한 생이
끝 간 데 없이 반짝이고 있는 것이 보이지 않는가
마음 아픈 낮**은 모두 어제의 일이 되었고
연습해두었던 어제의 일들이
모두 공치는 날이어도 좋다
이런 날 근처 술집들은
흐릿한 수평선과 합석을 청하겠지만
나는 착한 손이 착하게 쓴
울음이 타는 시 한 편을 위해
옆자리를 비워두겠다
〉

아직도 세상에는 미처 거둬가지 못한
울음 몇 장, 저 흐린 바다에 뒤척이고
울퉁불퉁한 어제를 반반하게 만들어버리는
비 오는 날엔 실안 바다로 가보자
그곳에서 착한 손의 한 남자를 만나서
흐렸던 말끝들을 적시는
술 한 잔,
그 첫잔을 공손히 쳐주겠다

* 손이 착한 박재삼 시인: 선보던 날, 차마 얼굴은 볼 수 없고 손을 보니 착한
  손이라는 생각에 결혼을 결심하셨다는, 2017년 1월 24일 사모님 댁을 방문
  했을 때 하신 말씀.
** 마음 아픈 낮: 파블로 네루다의 시 제목.

실안 노을

실안으로 노을이 몰려든다
여러 개의 안부가 궁금한 오후
노을 뒤끝엔 한 번도 틀린 적 없는
저녁이라는 대답이 있다
얼굴이 물들고 싶다면
기다리는 대답이 있다면
실안 노을에게 물어보라
흐린 날 저녁을 데려오는 법 없는 노을은
오늘도 맑은 날이었다고 붉게 탄다
수만 빛이 일제히 물속으로 가라앉고
수평선을 끌고 고깃배들은 항구로 돌아들 간다
분명 바다에도 길은 있는데
출항과 귀항이 오고 간 흔적이 없다
그건 다 노을의 노선을 타는
하루의 끝을 위한 것
다시는 바닥 치는 일 없을 거라고
오늘은 맑은 날이었다고
희망하는 것들에게
또 한 번 즐겁게 속아보라고

실안 노을, 세상의 한쪽으로 몰려와
저녁의 입구를 환하게 밝히고 있다

춘절春節
- 날개 달린 닭

한 몸에 붙어 있지만 날개는
엄밀히 말해 거리를 두고 있는 양쪽이다
노산에서 황산*까지 푸드득거리는
먼 생업과 가족들이 있는
농민공 출신인 택시 기사는 닭띠라고 했고
12간지를 살펴
남매를 두고 있다고 했다

어떤 미터기로도 갈 수 없는 퇴근이 있다고
기껏해야 이 년에 한 번 퇴근한다고 했다

차창 밖은 어스름이 깔리고
열어놓은 닭장 문으로 하나둘 집 찾아 들어오던
고향집 닭들이 떠올랐지만
고향이란 닭의 날개처럼 퇴화된 지 오래다
모두 난태생 알 하나 품고 부화를 기다리는
헛된 날개 한 벌 달고 있을 뿐이니까
알을 깔고 앉은 자리에 한 송이

꽃이 피길 기다리는 대책 없는 미궁 속으로
사라지는 날개들의 행렬

누구의 억장인지 택시 좌석엔
관광객이 씹다 버린 껌이 붙어 있고
택시 기사는 밀리는 도로를 향해
질겅질겅 한숨을 씹는데
운전대 옆, 달력에 쳐진 빨간 동그라미에서
막, 껍질을 깨고
춘절春節이 부화하고 있었다

* 중국에 있는 노산과 황산을 이름.

저도, 달방

매일 매일이
조금씩 할인받는 방
잘 열리는 햇살이 드르륵, 소리 내는
방 하나 갖고 싶다

하루 이틀, 가득 차면
다시 추르륵 쏟아지는 달방
햇살은 무한정 지나가도
달은 지나가지 말았으면 좋은
캄캄한 달방 하나에 세 들고 싶다

창문에 달빛 윤슬 너울대는
어항 같은 방
가득 채웠다 비워지는
하루 이틀, 손가락 끝에
달력을 두고 자주 잊어버려도
조수간만을 따라 들고날 수 있는 달방

사흘 나흘 한 달이 되면 할인받은

매일매일은 덤인
어디 달방 하나 없나요?

여백의 봄이 눌어붙은 저도*
딱섬**이 보이는 빈방
방 아랫목 온기는
혜성의 꼬리를 불러볼 때겠다

그악스럽게 달라붙었던 비늘 다 떼어내고
감감무소식 달방 하나 세 들고 싶다

* 사천에 있는 섬 이름.
** 저도에 닥나무가 많아 딱섬이라고도 불린다.

종포마을에 가서

달밤, 종포*만에 가서
흰 물이 빠져나가는 것을 보았다

캄캄한 갯벌 사이로 이쪽 마음에도 들지 않은 그렇다고
저쪽 마음에도 들지 않은 물길이 이리저리 휘어지며 흐른
다. 때가 되어도 빠져나가지 못하는 물살엔, 몰살沒殺 물
목들이 어느 물때에도 들지도 못하고 흐느적거리는 것 보
았다

그곳에서 곡선의 마음을 배울 수 있다

저 환한 물줄기는 달月로 흘러들어가는 것이 분명하고
이쪽도 저쪽도 들르지 않는 마른 물줄기가 있다면 달의
틈이 벌어지고 그 틈으로 흰 물이 새어나올 때까지 기다
려야 할 것이다

입구가 없다는 건 사방으로 뻗어 있는 마음이라고 탁하
게 들어왔다 맑게 나가는 흰 물이지만, 맑게 나가는 물에
색깔의 편협이 있을 리 없다. 다만, 물의 마음이란 새벽과

저녁나절의 밝기일 뿐,

　저녁과 아침이 번갈아 들르는 마음 있다면
　종포마을에 가서 흐릿한 저녁을 보라
　밝게 빛나며 그렁거렸던 축축한 어둠이 조금씩 가벼워
져
　빠져나가는 갯고랑을 보라

* 종포: 사천에 있는 마을 이름.

발화점

오늘 뒷산에 갔다가
은밀한 발화점을 보았다
한창 꽃송이를 흉내 내고 있었다
곧 산을 뒤덮을 것이라고
활활 태울 것이라고 했다

모든 위험은 개화가 배후인 셈인데
발아래가 온통 아찔한 와룡산* 오르는 길
등산객들 지나가며 하는 말
선반 위 웅크리고 있는 봄이 닿을락 말락 하기에
뒤꿈치 살짝 치켜들자 와르르 봄이 무너졌다고
그때 짧게 꽃핀 적 있었다고
아 그런 짧은 봄 태워보았다고
머리끝까지 물이 올라
도처의 안부가 꽃의 후음이었던 적 있었다고,

짧은 봄 흔들지 마라
죽기 직전 부르르 떨며
꽃피우는 중이니
〉

나는 오래전에 겁도 없이
저 발화점, 꺾어 손에 쥔 적이 있다
이후로 내 손은 진달래의 온도
봄꽃의 온도를 쥐고 있게 되었다
그 이후 스스로가 발화점이 되었다
불타는 꽃잎들
산기슭에서부터 깊숙한 곳까지 번져갔지만
논둑이나 가옥으로 옮겨 붙지는 않았다
눈 끝에서 꽃의 배후에
물이 차올랐기 때문이었다

* 와룡산: 사천에 있는 산.

소외된 풍경들에게 봄을 연주하는
단 하나의 바이올린
- 안채영의 시 세계

이병철(시인/문학평론가)

　시 쓰기는 주체인 내가 대상인 타자 쪽으로 옮겨가는 과정이거나 대상을 내 쪽으로 옮겨오는 감응과 동화(同化)의 예술이다. 레비나스는 "타인의 얼굴과 만나는 것은 특별한 초월의 경험과 경이로운 무한 관념의 계시를 가능케 한다"고 했는데, 요즘 우리 시에는 타자가 보이지 않는다. 대상도, 풍경도 보이지 않는다. 자기감정의 절대화, '나'의 최대화가 최근 우리 시의 경향이라면, 슬프다. 자의식 과잉의 시대, 자폐적 혼잣말의 시대에 시인의 눈길을 기다리고 있는 저 외로운 타자들을 어쩌면 좋을까?

　안채영의 시를 읽는 것은 그래서 다행스러운 일이다. 그녀는 자기만의 방에서 문을 걸어 잠그는 대신 바깥의 풍경들을 내면에 담기 위해 '나'를 열고 비운다. 그리고 볕이 잘 드는 양지가 아닌 어둡고 추운 음지로 향한다. 거기 사라질 듯 사라지지 않고 여린 숨을 쉬고 있는 몸짓들을 향해, 그림자들을 향해, 어둠과 추위를 바투 잡은 채 소멸을 견디는 손들을 향해 안채영의 시는 환한 납설수(臘雪水)로 스며든다. 소외된 풍경들에게 봄을 연주하는 단 하나의 바이올린이 된다.

빈 팔월 수레국화 꽃밭을 끌고 간다
가벼운 것들만이 무거운 것들을 끌고 갈 수 있다는 듯
분분한 솜털도 덥게 칠월을 달려왔다

우리는 말을 배열했었지 파란 모자를 장난으로 주고받았지. 말미가 없는 것들은 발설의 꽃말을 가지지 못한 전설이 되지. 수레가 텅 비면 저절로 움직이기도 하겠지만 미동이란 무거운 쪽부터 미끄러져가지

끝만 늙어가는 것이 꽃말이다
우리는 서로 관상觀相이었다
가혹한 꽃말일수록 안 보이는 틈에 흔들리고
총총총 여러 번의 계절을 채굴하고 나서야
씨앗들만 남는다

일년생 꽃말은 너무 가볍다

언젠가는 그 가벼운 꽃말이 꽃밭을 통째로 끌고 간다

사라진 생가들은 어디로 갔을까. 은밀한 때는 헐렁하게 풀린 바람 사이로 왔다 가고 생가는 있는데 생은 어디로 사라진 걸까? 투명한 족보는 발소리가 죽은 풍경을 위해 문을 열어놓고 있다

알아요, 둥글게 섞이지 못할 뿐이죠
긴 생머리를 늘어뜨리고 느리게 늙어가는 여름 한때
가만가만 진열된 팔월이 지나가고 가장 가벼운 내부 쪽으로 아픈 것들을 묶어놓는다
전설엔 잡초가 더 무성하다
　　　―「수레국화」전문

"가벼운 것들만이 무거운 것들을 끌고 갈 수 있다"는 잠언은 '나'를 비우는 탈중심, 탈자아의 성숙한 인식이 타자의 마음을 움직이고, 그리하여 이 세계에 가치 있고 유의미한 변화를 일으킬 수 있음을 환기시킨다. 지그문트 바우만은 20세기 산업화 근대를 "종말로 치닫고 있는 하드웨어의 시대 혹은 무거운 근대, 부피에 집착하는 근대"라고 규정했다. 반면 21세기는 물의 속성인 이동성, 유동성, 가변성, 빠름, 가벼움을 인식소로 삼는 시대, 즉 '액체 근대'이며 이는 포스트모던 시대의 또 다른 이름이라고 말했다.

위 시에서 안채영은 가벼움을 통해 무거움을 획득하는 새로운 시대의 존재론을 제시한다. 화자가 "생은 어디로 사라진 걸까? 투명한 족보는 발소리가 죽은 풍경을 위해 문을 열어놓고 있다"고 진술할 때, '비움'이란 결국 '사라짐', '투명함', '죽은 풍경'과 짝을 이루는 소모 행위에 지나지 않는 것으로 오독되기 쉽다. 하지만 시인은 "가장 가벼운 내부 쪽으로 아픈 것들을 묶어놓"는 사람이다. 자신을 비운 자리에 "안 보이는 틈에 흔들리"는 세계의 풍경들을 채워 넣는다. 그 순간 사람이 살지 않는 텅 빈 폐가가 소멸의 장소만이 아니라 "잡초가 더 무성"한 생명의 공간임이 밝혀진다. 공허를 충만으로 바꾸는 생명력의 언어, "가벼운 꽃말이 꽃밭을 통째로 끌고 간"다. 이는 존재론적 아포리즘인 동시에 탁월한 메타시(Metapoetry)이기도 하다. 자의식과 자기감정을 덜어낸 언어로 독자의 마음을 끌고 가는 시, 물처럼 어디로든 흘러갈 수 있는 시, 안채영의 시야말로 포스트모던의 시가 아닌가?

곡우 무렵 새들이 떠난 자리마다
새의 혀들이 와글와글 끓고 있다
지나간 절기에 뱉었던 말들이 촘촘 돋아나 있는 차밭
황경黃經에도 들지 못한 절기가 있다
마른 잎으로 견디는 시간쯤이야
더운물 한 그릇 만나 펴진다지만

잎의 뒷면에 들었던 원행遠行엔 쫑긋 세운 귀가 없다

나무들의 수혈이 끝나는 곳
푸르스름한 소실점들이 길고 멀다
혀를 갖지 못한 말들이 땅속에서 우려지고 있는 시간
천천히 비워지고 있는 겨울 산에
물 끓는 소리가 졸졸 난다
—「곡우 무렵」부분

"새들이 떠난 자리마다 / 새의 혀들이 와글와글 끓고 있다"는 감각적 묘사는 이미지와 메시지를 동시에 성취하는 탁월한 시적 기술이다. 이 문장은 우리가 사는 세계가 언어들로 이뤄진 '말의 우주'임을 환기시킨다. 육안으로 보이는 것만 신뢰하는 사람은 새들이 떠난 자리에 새가 없다고 오해하기 십상이다. 물질주의, 육체주의 세계관이 그렇다. 보이지 않으면 사라진 것이라고 믿어버린다. 하지만 새들이 떠나도 새들이 울던 소리는 공기 중에 남아 있다. 새들이 깃털을 다듬던 부리질은 화자의 기억 속에 각인되어 있다. 그렇게 새는 '곡우 무렵'의 풍경에, 그 절기를 떠올리는 화자의 내면 풍경에 계속 참여하는 것이다.

옥타비오 파스는 이 세계가 사물들의 총체가 아니라 기호들의 총체이며, 우리가 사물이라고 부르는 것들은 사실 언어들이라고 말했다. "산도 하나의 말이고, 강도 하나의 말이며, 풍경은 하나의 문장"이라는 '아날로지(Analogy)' 비전으로 새들이 떠난 공허한 자연을 바라보면, "지나간 절기에 뱉었던 말들이 촘촘 돋아나 있는 차밭"이 보이고, "천천히 비워지고 있는 겨울 산에 / 물 끓는 소리가 졸졸" 나는 게 들린다. 사물과 사물, 인간과 자연은 우주라는 거대한 책 안에서 서로 유기적 관계를 맺어야 하는 문장들이다. '나' 중심의 자폐적 언어를 비우고 자연의 언어를 받아들이는 사람, 새들이 뱉은 말이 차밭의 푸른 잎을 돋아나게 하는 것을 눈치 채는 사람, 삭막한 겨울 산에 새로운 생명의 소리가 흐르는 것을 듣는 사람, 그가 바로 시인이다.

짠맛들,
물을 마시게 하는 이유라면
봄날의 기슭을 버티고 있는 나무들
벌컥벌컥 물을 들이켜고 있는 중이다
먼 소식을 찾듯 뿌리들
짭짤한 이유들 쪽으로 뻗어 있었을 것이다

겨울나무들의 단식斷食 혹은 절식絶食 같지만
소금 같은 눈송이들로
바짝 절여진 겨울이었을 것이다

껍질을 벗겨 맛을 보면
쓴맛 단맛 또는 향긋한 맛이 나는 것이
맹맹한 식성이었다는 증거겠지만
기슭이 녹고 몸 털고
꽃피워 짠물 빼는 중이다

언젠가 지하철 계단 참에서 산
두 줄의 김밥이 유독 짭짤했던 이유도
다 기슭을 버틴
겨울의 뒷맛이었기 때문일 것이다
　　—「소금」전문

　이번 시집에서 안채영의 시선은 '폐가'(「호박 폐가」),
'툰드라'(「툰드라 산 19번지」), '맨홀'(「오수관 별자리」),
'함바식당'(「함바식당」)같이 어둡고 척박한 곳, 소외된 곳
들을 향한다. 그리고 거기서 '하반신 장애인'(「도마뱀」),
"못생긴 식물", "관절 다 닳은 노인들"(「생강」), "반복적인
상처를 / 매번 받아들"이는 '도마'(「도마의 재해석」) 같은
비주류, 소수자, 경계 밖으로 밀려난 마이너리티들과 마
주한다. 좋은 시는 세계의 현상 이면에 은닉된 진실을 드
러내고, 절망적이고 비극적인 풍경에 위로와 희망의 빛을
비춘다.
　겨울은 소멸과 공허의 계절, 죽음의 계절로 인식되어진

다. 잎을 다 떨구고 뼈대만 남은 겨울나무들은 "겨울나무들의 단식 혹은 절식"처럼 보인다. 하지만 영하의 혹독한 추위 속에 주검처럼 앙상하게 서 있는 겨울나무들이 실은 "소금 같은 눈송이들로 / 바짝 절여"지는 연단(鍊鍛)의 과정을 견디고 있음을, 그리하여 결국은 "봄날의 기슭을 버티"는 나무들이 되어 "벌컥벌컥 물을 들이켜"는 강인한 생명력을 획득하게 될 것임을 시인은 우리에게 귀띔해준다.

한 걸음 더 나아가서, 안채영은 나무의 겨울을 우리 생의 겨울로 옮겨온다. 춥고 어두운 "지하철 계단 참"에서 겨울나무처럼 시련을 견뎠을 어느 행상에게 산 "두 줄의 김밥"은 "기슭을 버틴 / 겨울의 뒷맛"이 "유독 짭짤"하다. 아무리 추워도 살과 옷 사이에 맺혔을 고단한 땀과 긴 어둠 속에서 멀리 있는 빛을 본 사람만이 흘릴 수 있는 눈물이 거기 배어 있는 까닭이다. 시인이 언어의 불빛을 들고 지하철 계단 참을 비출 때, 절망의 공간으로 보이던 그곳이 이제 새로운 희망의 통로로 환해지기 시작한다.

우수와 오수 사이로 착상된 일식이 골목 안을 비춘다
가야 할 방위를 매듭과 매듭으로 짜두고
사만 볼트 촉각을 세워 들여다본다

둥근 사방으로 붙박이별을 달아야겠다

둥근 몸을 빌려주려고 아직도 굴러다니고 싶은 뚜껑들
도시의 골목과 골목을 지나는 마방진 무늬들
지상의 별자리 틈새로 별무리들이 우수에 빠진다

자세히 보면 우주가 숨겨놓은 미스터리 서클 무늬로 숨어 있는
오수관 뚜껑들
　─「오수관 별자리」 부분

　이 시는 "하늘의 별과 달도 언제나 잘 비치는 우리네 똥
오줌 항아리"를 노래한 미당의 「상가수의 소리」를 떠오르
게 한다. '오수관 뚜껑'이 "우주가 숨겨놓은 미스터리 서
클 무늬"가 되는 순간, 더럽고 냄새나는 맨홀 속이 "지상
의 별자리 틈새로 별무리들이 우수에 빠지"는 아름다운
우주로 승화된다. 이때 맨홀이 블랙홀이나 화이트홀, 웜
홀 같은 우주 천체 이름처럼 느껴지는 착각은 언어가 가
진 신비한 힘을 실감하게 한다.
　줄리아 크리스테바의 '아브젝시옹(Abjection)' 개념을
빌려 사회공동체를 하나의 육체로 가정했을 때, 이 '몸'은
사회체제가 요구하는 적절한 성장과 발육을 이루기 위해
이질적이고 불편한 것들을 자신의 바깥으로 분리 및 추방
한다. 이 분리와 추방의 심리가 아브젝시옹이고, 경계 밖
으로 버려진 것들이 '아브젝트(Abject)'다. 각질, 손톱, 발
톱, 머리카락, 대변 같은 것들이 몸에서 추방된 아브젝트

라면, 노숙인, 장애인, 미혼모, 성소수자, 이주노동자, 독거노인, 전과자 등은 사회공동체에서 떠밀려난 아브젝트들이다. 그러니까 '오수관'은 우리 사회의 아브젝트적 존재들이 거하는 반지하, 지하도, 지하철 계단 참 등의 은유다.

미당이 『질마재 신화』에서 비천하고 속된 것에도 신성이 깃들 수 있음을 역설한 것처럼, 안채영은 현대 도시에서 가장 캄캄하고 더러운 곳인 오수관에도 아름다움이 빛날 수 있다고 말한다. 마치 보들레르가 근대도시 파리의 넝마주이와 도시 빈민에게서 영웅의 이미지를 발견했던 것처럼, 안채영은 우리 삶의 비천한 풍경들에서부터 별빛을 추출해낸다.

뒤따라오는 운구차가
백미러 속으로 따라온다
사인死因으로 반사된 아침 해가
한동안 같이 따라왔다
사거리를 따라오고 다리를 건너오고
휘어진 길에서 잠시 투명한 반사를 벗어나자
이내 다시 나타나며 따라오는 운구차
화장장 표지판이 나타나고

당신이 지금부터 지나갈 자리는 이젠 불길이라고
붉은 아침 해 속으로 휩싸인다

보자기에 싸인 따뜻한 우주를 들고 보면
진화가 멈춘, 진공 행성
공기를 다 뺀 유골함은 지지부진했던 하나의 우주다
물이었다가 불이었다가
작은 바람에도 날릴 것이지만
납골장 안 칸칸을 채우고 있는
둥근 행성들 제각각 다른
생몰연대를 갖고 있다

그깟 우주 쯤 흐려지는 일은 빈번하고
사람들은 모두 무표정한 표정으로 둥둥 떠 있다

떨어진 혀들은 여전히 밀봉해두기로 한다
평생
몸 바꾸는 것쯤은
바람의 사이를 지우는 일이라고
누군가 어깨를 두드리며 무심하게 말했다
―「생몰연대를 적다」 전문

'비움'을 통해 '음지'로 나아가는 안채영의 시는 필연적으로 죽음과 마주치게 될 수밖에 없다. 텅 빈 육체가 음지에 묻히는 것, 그게 죽음이기 때문이다. 안채영의 시에서 주체는 "304호 몸이 떠나"(「우리의 안부는 언제나 진심이었다」)는 타자의 부음을 받으면서, "뒤따라오는 운구차가 / 백미러 속으로 따라오"는 자기 존재의 죽음에도 끊임없이 추격당해야 한다. 일생 동안 죽음은 "사거리를 따라오고 다리를 건너오고" "이내 다시 나타나며 따라"온다. 우리는 살면서 죽고, 죽으면서 산다. 지금 이 순간에도 존재는 쉬지 않고 소멸되는 중이다. 죽음은 일상의 한 부분이지만, 그것을 일상적 감정으로 마주하기는 어렵다. 누설하면 안 되는 금기로 내면의 지하실에 감춰진다. 그런데 안채영은 주저 없이 지하실로 내려가 죽음을 열어본다. "몸 바꾸는 것쯤은 / 바람의 사이를 지우는 일"이라고 그녀가 말할 때, 죽음은 완전한 소멸이나 종료가 아니라 '몸'을 바꾸는 존재의 전환이 된다. 로버트 란자가 주장한 바이오센트리즘에 따르면, 수많은 우주가 있고, 지금 이곳에서 일어나는 일들이 다른 우주에서 동시다발적으로 일어날 수 있다. 사람이 육체적 죽음을 맞이한 후에도 두뇌에는 20와트의 에너지가 남게 되는데, 그 에너지가 다른 우주로 이동할 수 있다는 것이다. 자연과학적 상상력 또한 이와 비슷하다. 죽음을 맞은 인간의 육체는 해체되어 바람에, 강물에, 흙에 편입되거나 유기물이 되어 미생물들에게로 옮겨간다. 들뢰즈는 "죽음은 자연으로의 회귀"라고 말했다. 누군가에게 내려지는 사망 선고는 가시적 세계에서 비가시적 세계, 즉 미시자연이라는 우주로의 전입 신고인 셈이다.

나비 한 마리 죽어 있다 꼭
꼭 압화 같다
죽은 나비를 보면 꼭 봄을 눌러놓은 것 같다
꽃은 먹을수록 납작해지는 체중
누가 봄을 숨도 못 쉬게 눌러놓고
흘리고 갔나

봄날을 넘기면 맨 먼저 맨몸의 밭이 나오고
따스한 쪽으로 로터리친 봄이 부풀어 있고
물병에 끼인 물때를 입 가장자리로 몰고 다니며 뿌린다
가장 아름다운 때를 쓰다 버린
또 한 장을 넘기면 불순한 모종들이 눌러져 있고
부유하던 꽃도 눌러져 있다

안부에 접어둔 편지가 눌러져 있던,
꽃들의 필체가 어지러웠던 저녁
혈관을 날아 손짓으로 빠져나가는 나비들
가볍습니다, 또 한 장을 넘깁니다

비행飛行이 일생이다
대꾸도 없는 나비를 부르느니

차라리 꽃을 흔들겠다
멍청이, 오르가즘을 다 버릴 테다

죽은 나비를 닮은 손수건 한 장을 잃어버렸다

납작하게 눌러진 대답을 주었다
잠깐 흘린 며칠,
눌러놓았던 좌표의 어느 지점에 꽃을 다시 따올 수 있나
예뻤던 며칠이 불쑥,
찢어진 슬리퍼를 찾아낸다

흐려지지 않게 내일까지 이곳을 누르지 마세요
세상은 전부 물 빼는 작업 중입니다
　　　　　―「압화壓花」 전문

　　안채영은 "나비 한 마리가 죽어 있"는 비극적 풍경을 '압화'라는 미적 장면으로 전환시킨다. '죽음'이 새로운 예술적 오브제(object)가 되도록 삭막한 압사의 장면에 '아름다움'이라는 가능성을 부여하는 것이다. 시인이 죽음의 모습을 한 폭의 그림으로 바꿔낼 수 있는 것은 죽음을 삶에 포괄된 일부로 여기는 태도, 자연의 질서가 내면화된 성숙한 세계 인식 덕분이다. 죽음의 외적 현상일 뿐인 부재와 소멸을 두려워하지 않는 의연함으로 안채영은

"가장 아름다운 때", "부유하던 꽃", "죽은 나비", "예뻤던 며칠"을 호명한다. 부재의 형식으로 여전히 이 세계에 존재하는 것들을 향해 인사한다. 죽음은 무채색 비극이지만, 시인의 내면 풍경을 거쳐 시적 이미지로 발화되는 순간 "꽃들의 필체"같이 화려한 아름다움으로 채색된다. 그리고 그때 시를 읽는 독자들의 죽음에 대한 인식도 변화하게 된다.

겨울은 비움의 계절이다. 여름이 크게 몸집을 불려놓은 초록도, 가을의 울긋불긋함도 사라지고 회색 구름, 하얀 눈, 서둘러 어두워지는 저녁의 검정…… 무채색들, 그리고 깨질 듯 차고 맑아 한없이 공허하기만 한 투명함이 세상을 채운다. 아라파호 인디언들은 11월을 "모두 사라진 것은 아닌 달"로, 12월을 "무소유의 달"로 불렀다는데 인디언의 은유를 빌려 '모두 사라지지 않음'과 '무소유'를 병렬시키면 겨울의 속성을 알게 된다. 비움을 통한 채움, 공허 속 충만함이 겨울의 내면이라면, 안채영의 시는 겨울 아침에 내리는 함박눈이다. 얼음 밑을 흐르는 계곡물이다. 눈 내리는 밤의 바이올린 소리다. 흰 눈에 덮인 세상은 더없이 조용할 따름이다. 눈 내리는 저녁의 바이올린 연주에서는 소리보다 고요함이 더 크게 들린다. 눈이 오면 대기가 머금은 습기와 저기압이 소리를 증폭시킨다. 다른 소리는 들리지 않고 바이올린 소리와 이따금 사람 발자국 소리만 들리는 한적한 저녁은 오히려 고요함을 통해 아름다운 음악을 획득한다. 안채영은 공명통을 만들기 위해 속을 파낸 바이올린처럼, '나'를 비워야 비로소 아름다운 소리를 낼 수 있다고, 세계와 협화음을 맺을 수 있다고, 타자지향의 성숙한 인격이 될 수 있다고 노래한다. 그녀의 연주는 모든 낮고 어두운 곳을 통과해 우리 마음으로 흐른다. 이제 안채영의 음악에 귀 기울일 때가 되었다.

생의 전부가 내 옆을 스쳐 지나간 오후

1판 2쇄 발행	2021년 6월 15일
지은이	안채영
발행인	윤미소
발행처	(주)달아실출판사
책임편집	박제영
디자인	전형근
마케팅	배상휘
법률자문	김용진
주소	강원도 춘천시 춘천로 17번길 37, 1층
전화	033-241-7661
팩스	033-241-7662
이메일	dalasilmoongo@naver.com
출판등록	2016년 12월 30일 제494호

ⓒ 안채영, 2020
ISBN 979-11-88710-83-6 03810

* 이 도서의 국립중앙도서관 출판예정도서목록(CIP)은 서지정보유통지원시스
  템 홈페이지(http://seoji.nl.go.kr)와 국가자료공동목록시스템(http://www.
  nl.go.kr/kolisnet)에서 이용하실 수 있습니다.(CIP제어번호 : CIP2020043154)
* 잘못된 책은 구입한 곳에서 바꿔드립니다.
* 책값은 뒤표지에 표시되어 있습니다.